紅樓夢第一回

甄士隱夢幻識通靈　賈雨村風塵懷閨秀

此開卷第一回也作者自云曾歷過一番夢幻之後故將真事隱去而借通靈說此石頭記一書也故曰甄士隱云云但書中所記何事何人自已又云今風塵碌碌一事無成忽念及當日所有之女子一一細考較去覺其行止見識皆出我之上我堂堂鬚眉誠不若彼裙釵我實愧則有餘悔又無益大無可如何之日也當此日欲將已往所賴天恩祖德錦衣紈袴之時飫甘饜肥之日背父兄教育之恩負師友規訓之德以致今日一技無成半生潦倒之罪編述一集以告天下知我之負罪固多然

閨閣中歷歷有人萬不可因我之不肖自護已短一并使其泯滅也故當此蓬牖茅椽繩床瓦竈未足妨我襟懷況對着晨風夕月堦柳庭花更覺潤人筆墨雖我不學無文又何妨用假語村言敷演出來亦可使閨閣昭傳復可破一時之悶醒同人之目不亦宜乎故曰賈雨村云云更於篇中間用夢幻等字却是此書本旨兼寓提醒閱者之意看官你道此書從何而起說來雖近荒唐細玩深有趣味却說那女媧氏煉石補天之時於大荒山無稽崖煉成高十二丈見方二十四丈大的頑石三萬六千五百零一塊那媧皇只用了三萬六千五百塊单单剩下一塊未用棄在青埂峰下誰知此石自經煆煉之後靈性已通自

去自來可大可小因見衆石俱得補天獨自己無才不得入選遂自怨自愧日夜悲哀一日正當嗟悼之際俄見一僧一道遠遠而來生得骨格不凡丰神迥異來到這青埂峯下席地坐談見着這塊鮮瑩明潔的石頭且又縮成扇墜一般甚屬可愛那僧托於掌上笑道形體倒也是個靈物了只是沒有實在的好處須得再鐫上幾個字使人人見了便知你是件奇物然後攜你到那昌明隆盛之邦詩禮簪纓之族花柳繁華地温柔富貴鄉那裡去走一遭石頭聽了大喜因問不知可鐫何字攜到何方望乞明示那僧笑道你且莫問日後自然明白說畢便袖了同那道人飄然而去竟不知投向何方又不知過了幾世幾刼

因有個空空道人訪道求仙從這大荒山無稽崖青埂峰下經過忽見一塊大石上面字跡分明編述歷歷空空道人乃從頭一看原來是無才補天幻形入世被那茫茫大士渺渺真人携入紅塵引登彼岸的一塊頑石上面叙着墮落之鄉投胎之處以及家庭瑣事閨閣閒情詩詞謎語倒還全備只是朝代年紀失落無考後面又有一偈云

無材可去補蒼天　枉入紅塵若許年
此係身前身後事　倩誰記去作奇傳

空空道人看了一回曉得這石頭有些來歷遂向石頭說道石兄你這一段故事據你自己說來有些趣味故鐫寫在此意欲

聞世傳奇據我看來第一件無朝代年紀可考第二件並無大賢大忠理朝廷治風俗的善政其中只不過幾個異樣女子或情或痴或小才微善我總然抄去也算不得一種奇書石頭果然答道我師何必太痴我想歷來野史的朝代無非假借漢唐的名色莫如我這石頭所記不借此套只按自己的事體情理反倒新鮮別致況且那野史中或訕謗君相或貶人妻女姦淫兇惡不可勝數更有一種風月筆墨其淫穢汙臭最易壞人子弟至於才子佳人等書則又開口文君滿篇子建千部一腔千人一面且終不能不涉淫濫在作者不過要寫出自己的兩首情詩艷賦來故假捏出男女二人名姓又必旁添一小人撥亂

其間如戲中小丑一般更可厭者之乎者也非理即文大不近情自相矛盾竟不如我半世親見親聞的這幾個女子雖不敢說强似前代書中所有之人但觀其事跡原委亦可消愁破悶至于幾首歪詩亦可以噴飯供酒其間離合悲歡興衰際遇俱是按迹循踪不敢稍加穿鑿至失其真只願世人當那醉餘睡醒之時或避事消愁之際把此一玩不但洗了舊套換新眼目却也省了些壽命筋力不比那謀虛逐妄我師意爲何如空空道人聽如此說思忖半晌將這石頭記再檢閱一遍因見上面大旨不過談情亦只寔錄其事絕無傷時淫穢之病方從頭至尾抄寫回來聞世傳奇從此空空道人因空見色由色生情傳

情入色自色悟空遂改名情僧改石頭記爲情僧錄東魯孔梅溪題曰風月寶鑑後因曹雪芹於悼紅軒中披閱十載增刪五次纂成目錄分出章回又題曰金陵十二釵並題一絕即此便是石頭記的緣起詩云

滿紙荒唐言　一把辛酸淚
都云作者痴　誰解其中味

石頭記緣起既明正不知那石頭上面記着何人何事看官請聽按那石上書云當日地陷東南這東南有個姑蘇城城中閶門最是紅塵中一二等富貴風流之地這閶門外有個十里街街內有個仁清巷巷內有個古廟因地方窄狹人皆呼作葫蘆

廟廟傍住着一家鄉宦姓甄名費字士隱嫡妻封氏性情賢淑深明禮義家中雖不甚富貴然本地也推他爲望族了因這甄士隱禀性恬淡不以功名爲念每日只以觀花種竹酌酒吟詩爲樂倒是神仙一流人物只是一件不足年過半百膝下無兒只有一女乳名英蓮年方三歲一日炎夏永晝士隱於書房閒坐手倦拋書伏几盹睡不覺朦朧中走至一處不辨是何地方忽見那廂來了一僧一道且行且談只聽道人問道你攜了此物意欲何往那僧笑道你放心如今現有一段風流公案正該了結這一干風流冤家尚未投胎入世趁此機會就將此物夾帶於中使他去經歷經歷那道人道原來近日風流冤家又將

造刼歷世但不知起於何處落于何方那僧道此事說來好笑只因西方靈河岸上三生石畔有絳珠草一株那時這個石頭因媧皇未用却也落得逍遥自在各處去遊玩一日來到警幻仙子處那仙子知他有些來歷因留他在赤霞宮居住就名他爲赤霞宮神瑛侍者他却常在靈河岸上行走看見這株仙草可愛遂日以甘露灌溉這絳珠草始得久延歲月後來既受天地精華復得甘露滋養遂脫了草木之胎得換人形僅僅修成女體終日遊於離恨天外饑餐秘情果渴飲灌愁水只因尚未酬報灌溉之德故甚至五內鬱結着一段纏綿不盡之意常說自已受了他雨露之惠我並無此水可還他若下世爲人我也

同去走一遭但把我一生所有的眼淚還他也還得過了因此一事就勾出多少風流寃家都要下凡造歷幻緣那絳珠仙草也在其中今日這石復還原處你我何不將他仍帶到警幻仙子案前給他掛了號同這些情鬼下凡一了此案那道人道果是好笑從來不聞有還淚之說趁此你我何不也下世度脫幾個豈不是一場功德那僧道正合吾意你且同我到警幻仙子宮中將這蠢物交割清楚待這一干風流孽鬼下世你我再去如今有一半落塵然猶未全集道人道既如此便隨你去來却說甄士隱俱聽得明白遂不禁上前施禮笑問道二位仙師請了那僧道也忙答禮相問士隱因說道適聞仙師所談因果實

人世罕聞者但弟子愚拙不能洞悉明白若蒙大開痴頑備細
一聞弟子洗耳諦聽稍能警省亦可免沉淪之苦二仙笑道此
乃元機不可預洩者到那時只不要忘了我二人便可跳出火
坑矣士隱聽了不便再問因笑道元機固不可洩但適云蠢物
不知為何或可得見否那僧說若問此物倒有一面之緣說着
取出遞與士隱士隱接了看時原來是塊鮮明美玉上面字蹟
分明鐫着通靈寶玉四字後面還有幾行小字正欲細看時那
僧便說已到幻境便強從手中奪了去與道人竟過一大石牌
坊上面大書四字乃是太虛幻境兩邊又有一副對聯道

假作真時真亦假

無為有處有還無

士隱意欲也跟了過去方舉步時忽聽一聲霹靂若山崩地陷
士隱大叫一聲定睛看時只見烈日炎炎芭蕉冉冉夢中之事
便忘了一半又見奶母抱了英蓮走來士隱見女兒越發生得
粉裝玉琢乖覺可喜便伸手接來抱在懷中鬥他頑耍一回又
帶至街前看那過會的熱鬧方欲進來時只見從那邊來了一
僧一道那僧癩頭跣足那道跛足蓬頭瘋瘋顛顛揮霍談笑而
至及到了他門前看見士隱抱着英蓮那僧便大哭起來又向
士隱道施主你把這有命無運累及爹娘之物抱在懷內作甚
士隱聽了知是瘋話也不採他那僧還說捨我罷捨我罷士隱

不耐煩便抱女兒轉身欲進去那僧乃指着他大笑口內念了四句言詞道是

慣養嬌生笑你痴　菱花空對雪澌澌

好防佳節元宵後　便是烟消火滅時

士隱聽得明白心下猶豫意欲問他來歷只聽道人說道你我不必同行就此分手各幹營生去罷三刼後我在北邙山等你會齊了同往太虛幻境銷號那僧道最妙最妙說畢二人一去再不見個踪影了士隱心中此時自忖這兩個人必有來歷狠該問他一問如今後悔却已晚了這士隱正痴想忽見隔壁葫蘆廟內寄居的一個窮儒姓賈名化表字時飛別號雨村的走

了來這賈雨村原係湖州人氏也是詩書仕宦之族因他生於末世父母祖宗根基已盡人口衰喪只剩得他一身一口在家鄉無益因進京求取功名再整基業自前歲來此又淹蹇住了暫寄廟中安身每日賣文作字為生故士隱常與他交接當下雨村見了士隱忙施禮陪笑道老先生倚門佇望敢街市上有甚新聞麼士隱笑道非也適因小女啼哭引他出來作耍正是無聊的狠賈兄來得正好請入小齋彼此俱可消此永晝說着便令人送女兒進去自携了雨村來至書房中小童獻茶方談得三五句話忽家人飛報嚴老爺來拜士隱慌的忙起身謝罪道恕誆駕之罪略坐弟即來奉陪雨村起身亦讓道老先生請

便晚生乃常造之客稍候何妨說着士隱已出前廳去了這裡雨村且翻弄詩籍解悶忽聽得窗外有女子嗽聲雨村遂起身往外一看原來是一個丫鬟在那裡擷花生得儀容不俗眉目清秀雖無十分姿色却也有動人之處雨村不覺看得呆了那甄家丫鬟擷了花方欲走時猛抬頭見窗內有人敝巾舊服雖是貧窘然生得腰圓背厚面濶口方更兼劍眉星眼直鼻方腮這丫鬟忙轉身迴避心下自想這人生的這樣雄壯却又這樣襤褸想他定是我家主人常說的什麼賈雨村了每有意幫助周濟他只是沒甚機會我家並無這樣貧窘親友想一定就是此人了怪道又說他必非久困之人如此想不免又回頭一兩

次雨村見他回了頭便以為這女子心中有意於他便狂喜不禁自謂此女子必是個巨眼英豪風塵中之知己一時小童進來雨村打聽得前面留飯不可久待遂從夾道中自便門出去了士隱待客既散知雨村已去便也不去再邀一日到了中秋佳節士隱家宴已畢又另具一席於書房自己步月至廟中來邀雨村原來雨村自那日見了甄家之婢曾回顧他兩次自謂是個知己便時刻放在心上今又正值中秋不免對月有懷因而口占五言一律云

未卜三生願　頻添一段愁
悶來時斂額　行去幾回頭

自顧風前影　誰堪月下儔
蟾光如有意　先上玉人頭

雨村吟罷因又思及平生抱負苦未逢時乃又搔首對天長歎復高吟一聯云

玉在匵中求善價　釵於奩內待時飛

恰值士隱走來聽見笑道雨村兄真抱負不凡也雨村忙笑道不敢不過偶吟前人之句何期過譽如此因問老先生何興至此士隱笑道今夜中秋俗謂團圓之節想尊兄旅寄僧房不無寂寥之感故特具小酌邀兄到敝齋一飲不知可納芹意否雨村聽了並不推辭便笑道既蒙謬愛何敢拂此盛情說着便同了士隱復過這邊書院中來須臾茶畢早已設下盃盤那美酒佳餚自不必說二人歸坐先是款斟慢飲漸次談至興濃不覺飛觥獻斝起來當時街坊上家家簫管戶戶笙歌當頭一輪明月飛彩凝輝二人愈添豪興酒到盃乾雨村此時已有七八分酒意狂興不禁乃對月寓懷口占一絕云

時逢三五便團圞　滿把清光護玉欄
天上一輪纔捧出　人間萬姓仰頭看

士隱聽了大叫妙極弟每謂兄必非久居人下者今所吟之句飛騰之兆已見不日可接履於雲霄之上了可賀可賀乃親斟一斗為賀雨村飲乾忽歎道非晚生酒後狂言若論時尚之學

晚生也或可去充數挂名只是如今行囊路費一槩無措神京路遠非賴賣字撰文即能到得士隱不待說完便道兄何不早言弟已久有此意但每遇兄時並未談及故未敢唐突今既如此弟雖不才義利二字却還識得且喜明歲正當大比兄宜作速入都春闈一捷方不負兄之所學其盤費餘事弟自代爲處置亦不枉兄之謬識矣當下即命小童進去速封五十兩白銀並兩套冬衣又云十九日乃黃道之期兄可即買舟西上待雄飛高舉明冬再晤豈非大快之事雨村收了銀衣不過畧謝一語並不介意仍是吃酒談笑那天已交三鼓二人方散士隱送雨村去後回房一覺直至紅日三竿方醒因思昨夜之事意欲

寫薦書兩封與雨村帶至都中去使雨村投謁個仕宦之家爲寄身之地因使人過去請時那家人回來說和尚說賈爺今日五鼓已進京去了也曾留下話與和尚轉達老爺說讀書人不在黃道黑道總以事理爲要不及面辭了士隱聽了也只得罷了真是閒處光陰易過倐忽又是元宵佳節士隱令家人霍啟抱了英蓮去看社火花燈半夜中霍啟因要小解便將英蓮放在一家門檻上坐着待他小解完了來抱時那有英蓮的踪影急得霍啟直尋了半夜至天明不見那霍啟也不敢回來見主人便逃往他鄉去了那士隱夫婦見女兒一夜不歸便知有些不好再使幾人去找尋回來皆云影響全無夫妻二人半世只

生此女一旦失去何等煩惱因此晝夜啼哭幾乎不顧性命看看一月士隱已先得病夫人封氏也因思女搆疾日日請醫問卦不想這日三月十五葫蘆廟中炸供那和尚不小心油鍋火逸便燒着窗紙此方人家俱用竹籬木壁也是刼數應當如此於是接二連三牽五掛四將一條街燒得如火焰山一般彼時雖有軍民来救那火已成了勢了如何救得下直燒了一夜方息也不知燒了多少人家只可憐甄家在隔壁早成了一堆瓦礫場了只有他夫婦並幾個家人的性命不曾傷了急得士隱惟跌足長歎而已與妻子商議且到田庄上去住偏值近年水旱不收盜賊蜂起官兵勦捕田庄上又難以安身只得將田地都折變了攜了妻子與兩個丫鬟投他岳丈家去他岳丈名喚封肅本貫大如州人氏雖是務農家中却還殷實令見女婿這等狼狽而來心中便有些不樂幸而士隱還有折變田產的銀子在身邊拿出来託他隨便置買些房地以為後日衣食之計那封肅便半用半賺的略與他些薄田破屋士隱乃讀書之人不慣生理稼穡等事勉强支持了一二年越發窮了封肅見面時便說些現成話且人前人後又怨他不善過活只一味好吃懶做士隱知投人不著心中未免悔恨再兼上年驚唬急忿怨痛已傷暮年之人貧病交攻竟漸漸的露出那下世的光景来可巧這日拄了拐扎掙到街前散散心時忽見那邊来了一個

跛足道人瘋狂落拓蔴鞋鶉衣口內念着幾句言詞道

世人都曉神仙好　惟有功名忘不了
古今將相在何方　荒塚一堆草没了
世人都曉神仙好　只有金銀忘不了
終朝只恨聚無多　及到多時眼閉了
世人都曉神仙好　只有姣妻忘不了
君生日日說恩情　君死又隨人去了
世人都曉神仙好　只有兒孫忘不了
痴心父母古来多　孝順子孫誰見了

士隱聽了便迎上来道你滿口說些甚麽只聽見些好了好了

那道人笑道你若果聽見好了二字還算你明白可知世上萬般好便是了了便是好若不了便不好若要好須是了我這歌兒便名好了歌士隱本是有夙慧的一聞此言心中早已徹悟因笑道且住待我將你這好了歌註解出來何如道人笑道你就請解士隱乃說道

陋室空堂當年笏滿床衰草枯楊曾爲歌舞場蛛絲兒結滿雕梁綠紗今又在蓬窻上說甚麽脂正濃粉正香如何兩鬢又成霜昨日黃土隴頭埋白骨今宵紅綃帳底卧鴛鴦金滿箱銀滿箱轉眼乞丐人皆謗正歎他人命不長那知自已歸來喪訓有方保不定日後作强梁擇膏粱誰承

望流落在烟花巷因嫌紗帽小致使鎖枷扛昨憐破襖寒今嫌紫蟒長亂烘烘你方唱罷我登場反認他鄉是故鄉甚荒唐到頭來都是爲他人作嫁衣裳

那瘋跛道人聽了拍掌大笑道解得切解得切士隱便說一聲走罷將道人肩上搭褳搶了過來背上竟不回家同了瘋道人飄飄而去當下哄動街坊衆人當作一件新聞傳說封氏聞知此信哭個死去活來只得與父親商議遣人各處訪尋那討音信無奈何只得依靠着他父母度日幸而身邊還有兩個舊日的丫鬟伏侍主僕三人日夜做些針線帮着父親用度那封肅雖然每日抱怨也無可奈何了這日那甄家的大丫鬟在門前

買線忽聽得街上喝道之聲衆人都說新太爺到任了丫鬟隱在門內看時只見軍牢快手一對一對過去俄而大轎內抬着一個烏帽猩袍的官府過去丫鬟倒發個怔自思這官好面善倒像在那裏見過的於是進入房中也就丟過不在心上至晚間正待歇息之時忽聽一片聲打的門响許多人亂嚷說本縣太爺的差人來傳人問話封肅聽了唬得目瞪口呆不知有何禍事且聽下回分解

紅樓夢第一回終

紅樓夢第二回

賈夫人仙逝揚州城　冷子興演說榮國府

却說封肅聽見公差傳喚忙忙出來陪笑啟問那些人只嚷快請出甄爺來封肅忙陪笑道小人姓封並不姓甄只有當日小婿姓甄今已出家一二年了不知可是問他那些公人道我們也不知什麽真假既是你的女婿便帶了你去面禀太爺便了大家把封肅推擁而去封家各各驚慌不知何事至二更時分封肅方回來衆人忙問端的原來新任太爺姓賈名化本湖州人氏曾與女婿舊交因在我家門首看見嬌杏丫頭買線只說女婿移住此間所以來傳我將緣故回明那太爺感傷歎息了一回又問外孫女兒我說看燈丢了太爺說不妨待我差人去務必找尋回來說了一回話臨走又送我二兩銀子甄家娘子聽了不覺感傷一夜無話次日早有雨村遣人送了兩封銀子四疋錦緞答謝甄家娘子又一封密書與封肅託他向甄家娘子要那嬌杏作二房封肅喜得眉開眼笑巴不得去奉承太爺便在女兒前一力攛掇當夜用一乘小轎便把嬌杏送進衙內去了雨村歡喜自不必言又封百金贈與封肅又送甄家娘子許多禮物令其且自過活以待訪尋女兒下落却說嬌杏那丫嬛便是當年回顧雨村的因偶然一顧便弄出這段奇緣也是意想不到之事誰知他命運兩濟不承望自到雨村身邊只一年

便生一子又半載雨村嫡配忽染疾下世雨村便將他扶作正室夫人正是

偶因一回顧　便爲人上人

原來雨村因那年士隱贈銀之後他於十六日便起身赴京大比之期十分得意中了進士選入外班今已陞了本縣太爺雖才幹優長未免貪酷且恃才侮上那官員皆側目而視不上一年便被上司參了一本說他性情狡猾擅改禮儀外沽清正之名暗結虎狼之勢使地方多事民命不堪等語龍顏大怒即批革職部文一到本府各官無不喜悅那雨村雖十分慚恨面上全無一點怨色仍是嘻笑自若交代過公事將歷年所積宦囊

並家屬人等送至原籍安頓妥當却自己擔風袖月遊覽天下勝蹟那日偶又遊至維揚地方聞得今年鹽政點的是林如海這林如海姓林名海表字如海乃是前科的探花今已陞蘭臺寺大夫本貫姑蘇人氏今欽點爲巡鹽御史到任未久原來這林如海之祖曾襲過列侯今到如海業經五世起初只襲三世因當今隆恩盛德額外加恩至如海之父又襲了一代至如海便從科第出身雖係世祿之家却是書香之族只可惜這林家支庶不盛人丁有限雖有幾門却與如海俱是堂沒族甚親支嫡派的今如海年已四十只有一個三歲之子又于去歲亡了雖有幾房姬妾奈命中無子亦無可如何之事只嫡妻賈氏生

得一女乳名黛玉年方五歲夫妻愛之如掌上明珠見他生得聰明俊秀也欲使他識幾個字不過假充養子之意聊解膝下荒凉之歎且說雨村在旅店偶感風寒愈後又因盤費不繼正欲得一居停之所以為息肩之地偶遇兩個舊友認得新鹽政知他正要請一西席教訓女兒遂將雨村薦進衙門去這女學生年紀幼小身體又弱工課不限多寡其餘不過兩個伴讀丫鬟故雨村十分省力正好養病看看又是一載有餘不料女學生之母賈氏夫人一病而亡女學生奉侍湯藥守喪盡禮過于哀痛素本怯弱因此舊症復發有好些時不曾上學雨村閒居無聊每當風日晴和飯後便出來閒步這一日偶至郊外意欲賞鑒那村野風光信步至一山環水漩茂林修竹之處隱隱有座廟宇門巷傾頹墻垣朽敗有額題曰智通寺門傍又有一副舊破的對聯云

身後有餘忘縮手　眼前無路想回頭

雨村看了因想道這兩句文雖甚淺其意則深也曾遊過些名山大刹倒不曾見過這話頭其中想必有個翻過筋斗來的也未可知何不進去一訪走入看時只有一個龍鍾老僧在那裡煮粥雨村見了卻不在意及至問他兩句話那老僧既聾且昏又齒落舌鈍所答非所問雨村不耐煩仍退出來意欲到那村肆中沽飲三盃以助野趣於是款步行來剛入肆門只見座上

吃酒之客有一人起身大笑接了出來口內說奇遇奇遇雨村忙看時此人是都中古董行中貿易姓冷號子興的舊日在都相識雨村最讚這冷子興是個有作為大本領的人這子興又借雨村斯文之名故二人最相投契雨村忙亦笑問老兄何日到此弟竟不知今日偶遇真奇緣也子興道去年歲底到家今因還要入都從此順路找個敝友說一句話承他之情留我多住兩日我也無甚緊事且盤桓兩日待月半時也就起身了今日敝友有事我因閒步至此不期這樣巧遇一面說一面讓雨村同席坐了另整上酒肴來二人閒談慢飲敘些別後之事雨村因問近日都中可有新聞沒有子興道倒沒有什麼新聞倒是老先生的貴同宗家出了一件小小的異事雨村笑道弟族中無人在都何談及此子興笑道你們同姓豈非一族雨村問是誰家子興笑道榮國賈府中可也不玷辱了老先生的門楣雨村道原來是他家若論起來寒族人丁却不少自東漢賈復以來支派繁盛各省皆有誰能逐細考查若論榮國一支却是同譜但他那等榮耀我們不便去認他故越發生疎了子興歎道老先生休如此說如今的這榮寧兩府也都蕭索了不比先時的光景雨村道當日寧榮兩宅人口也極多如何便蕭索了冷子興道正是說來也話長雨村道去歲我到金陵因欲遊覽六朝遺蹟那日進了石頭城從他老宅門前經過街東是寧國

府街西是榮國府二宅相連竟將大半條街占了大門外雖冷落無人隔着圍墻一望裡面廳殿樓閣也還都崢嶸軒峻就是後邊一帶花園裡樹木山石也都還有蓊蔚洇潤之氣那裡像個衰敗之家子興笑道虧你是進士出身原来不通古人有言百足之蟲死而不僵如今雖說不似先年那樣興盛較之平常仕宦之家到底氣象不同如今生齒日繁事務日盛主僕上下安富尊榮儘多運籌謀畫者無一其日用排場費用又不能將就省儉如今外面的架子雖未甚倒內囊却也盡上来了這也小事更有一件大事誰知這樣鐘鳴鼎食之家翰墨詩書之族如今的兒孫竟一代不如一代了雨村聽說也道這樣詩禮之家豈有不善教育之理別門不知只說這寧榮兩宅是最教子有方的子興歎道正說得是這兩門呢待我告訴你當日寧國公是一母同胞弟兄兩個寧公居長生了四個兒子寧國公死後長子賈代化襲了官也養了兩個兒子長名敷八九歲上死了只剩了一個次子賈敬襲了官如今一味好道只愛燒丹煉汞餘者一槩不在他心上幸而早年留下一子名喚賈珍因他父親一心想作神仙把官倒讓他襲了他父親又不肯回原籍来只在都中城外和那些道士們胡羼這位珍爺也倒生了一個兒子今年纔十六歲名叫賈蓉如今敬老爺是一槩不管這珍爺那裡肯讀書只一味高樂不了把那寧國府竟翻了過来

也沒有敢來管他的人再說榮府你聽方纔所說異事就出在這裡自榮公死後長子賈代善襲了官娶的是金陵世家史侯的小姐為妻生了兩個兒子長名賈赦次名賈政如今代善早已去世太夫人尚在長子賈赦襲了官為人平靜中和也不管理家次子賈政自幼酷喜讀書為人端方正直祖父鍾愛原要他以科甲出身的不料代善臨終時遺本一上皇上因恤先臣即時令長子襲官外問還有幾子立刻引見遂又額外賜了這政老爺一個主事之銜令其入部習學如今現已陞了員外郎這政老爺的夫人王氏頭胎生的公子名喚賈珠十四歲進學不到二十歲就娶了妻生了子一病就死了第二胎生了一位

小姐生在大年初一就奇了不想次年又生了一位公子說來更奇一落胞胎嘴裡便啣下一塊五彩晶瑩的玉來還有許多字跡你道是新聞異事不是雨村笑道果然奇異只怕這人的來歷不小子興冷笑道萬人皆如此說因而乃祖母愛如珍寶那週歲時政老爺便要試他將來的志向便將那世上所有之物擺了無數與他抓取誰知他一概不取伸手只把些脂粉釵環抓來玩弄那政老爺便不喜歡說將來是酒色之徒耳因此便不甚愛惜獨那太君還是命根一般說來又奇如今長了七八歲雖然淘氣異常但聰明乖覺百個不及他一個說起孩子話來也奇怪他說女兒是水做的骨肉男人是泥做的骨肉我

見了女兒便清爽見了男子便覺濁臭逼人你道好笑不好笑將来色鬼無疑了雨村罕然厲色忙止道非也可惜你們不知道這人來歷大約政老前輩也錯以淫魔色鬼看待了若非多讀書識事加以致知格物之功悟道參元之力者不能知也子興見他說得這樣重大忙請教其故雨村道天地生人除大仁大惡餘者皆無大異若大仁者則應運而生大惡者則應刼而生運生世治刼生世危堯舜禹湯文武周召孔孟董韓周程朱張皆應運而生者蚩尤共工桀紂始皇王莽曹操桓温安祿山秦檜等皆應刼而生者大仁者修治天下大惡者擾亂天下清明靈秀天地之正氣仁者之所秉也殘忍乖僻天地之邪氣惡

者之所秉也今當祚永運隆之日太平無為之世清明靈秀之氣所秉者上至朝廷下至草野比比皆是所餘之秀氣漫無所歸遂為甘露為和風洽然溉及四海彼殘忍乖邪之氣不能蕩溢於光天化日之下遂凝結充塞於深溝大壑之中偶因風蕩或被雲摧略有搖動感發之意一絲半縷悞而逸出者值靈秀之氣適過正不容邪邪復妬正兩不相下如風水雷電地中既遇既不能消又不能讓必致搏擊掀發後始盡故其氣亦必賦人發洩一盡始散使男女偶秉此氣而生者上則不能為仁人君子下亦不能為大凶大惡置之千萬人之中其聰俊靈秀之氣則在千萬人之上其乖僻邪謬不近人情之態又在千萬人

之下若生于公侯富貴之家則爲情痴情種若生于詩書清貧之族則爲逸士高人縱偶生于薄祚寒門亦斷不至爲走卒健僕甘遭庸夫驅制駕馭必爲奇優名倡如前之許由陶潜阮籍嵇康劉伶王謝二族顧虎頭陳後主唐明皇宋徽宗劉庭芝溫飛卿米南宮石曼卿柳耆卿秦少游近日倪雲林唐伯虎祝枝山再如李龜年黃幡綽敬新磨卓文君紅拂薛濤崔鶯朝雲之流此皆易地則同之人也子興道依你說成則公侯敗則賊了雨村道正是這意你還不知我自革職以来這兩年遍遊各省也曾遇見兩個異樣孩子所以方纔你一說這寶玉我就猜着了八九也是這一派人物不用遠說只這金陵城內欽差金陵

省體仁院總裁甄家你可知道子興道誰人不知這甄府就是賈府老親他們兩家來往極親熱的至在下也和他家往來非止一日了雨村笑道去歲我在金陵也曾有人薦我到甄府處館我進去看其光景誰知他家那等榮貴却是個富而好禮之家倒是個難得之館但是這個學生雖是啟蒙却比一個舉業的還勞神說起來還可笑他說必得兩個女兒伴着我讀書我方能認得字心上也明白不然我心裡自已糊塗又常對着跟他的小厮們說這女兒兩個字極尊貴極清凈的比那瑞獸珍禽奇花異草更覺希罕尊貴呢你們這種濁口臭舌萬萬不可唐突了這兩個字要緊要緊但凡要說的時節必用凈水香茶

嗽了口方可設若失錯便要鑿牙穿眼的其暴虐頑劣種種異常只放了學進去見了那些女兒們其溫厚和平聰敏文雅竟變了一個樣子因此他令尊也曾下死笞楚過幾次竟不能改每打的吃疼不過時他便姐姐妹妹的亂叫起來後來聽得裡面女兒們拿他取笑因何打急了只管叫姐妹作什麼莫不叫姐妹們去討情討饒你豈不愧些他回答的最妙他說急痛之時只叫姐姐妹妹字樣或可解疼也未可知因叫了一聲果覺疼得好些遂得了秘法每疼痛之極便連叫姐妹起來了你說可笑不可笑爲他祖母溺愛不明每因孫辱師責子我所以辭了館出來的這等子弟必不能守父祖基業從師友規勸的只

可惜他家幾個好姊妹都是少有的子興道便是貴府中現在三個也不錯政老爺之長女名元春因賢孝才德選入宮作女史去了二小姐乃是赦老爺姨娘所出名迎春三小姐政老爺庶出名探春四小姐乃寧府珍爺之胞妹名惜春因史老夫人極愛孫女多跟在祖母這邊一處讀書聽得個個不錯雨村道更妙在甄家風俗女兒之名亦皆從男子之名命取不似別家另外用這些春紅香玉等艷字何得賈府亦落此俗套子興道不然只因現今大小姐是正月初一所生故名元春餘者方從了春字上一排的却也是從弟兄而來的現有對証目今你貴東家林公之夫人卽榮府中赦政二公之胞妹在家時名字喚

賈敏不信時你回去細訪可知雨村拍手笑道是極我這女學生名叫黛玉他讀書凡敏字他皆念作密字寫字遇着敏字亦減一二筆我心中每每疑惑今聽你說是爲此無疑矣怪道我這女學生言語舉止另是一樣不與凡女子相同度其母不凡故生此女今知爲榮府之外孫又不足罕矣可惜上月其母竟亡故了子興歎道老姊妹三個這是極小的又沒了長一輩的姊妹一個也沒了只看這小一輩的將來的東床何如呢雨村道正是方纔說政公已有了一個啣玉之子又有長子所遺弱孫這赦老竟無一個不成子興道政公既有玉兒之後其妾又生了一個倒不知其好歹只眼前現有二子一孫却不知將來

何如若問那赦公也有二子次名賈璉今已二十來往了親上做親娶的是政爺夫人王氏之內侄女今已娶了二年這位璉爺身上現捐的是個同知也是不喜讀書的于世路上好機變言談去得所以目今現在乃叔政老爺家住幫着料理家務誰知自娶了令夫人之後倒上下無一人不稱頌他夫人的璉爺倒退了一舍之地模樣又極標緻言談又極爽利心機又極深細竟是一個男人萬不及一的雨村聽了笑道可知我言不謬你我方纔所說的這幾個人只怕都是那正邪兩賦而來一路之人未可知也子興道正也罷邪也罷只顧算別人家的賬你也吃一杯酒纔好雨村道只顧說話就多吃了幾杯子興笑道

說着别人家的閒話正好下酒即多吃幾杯何妨雨村向窻外看道天也晚了仔細閙了城我們慢慢進城再談未爲不可于是二人起身筭還酒錢方欲走時忽聽得後面有人叫道雨村兄恭喜了特來報個喜信的雨村忙回頭看時要知是誰且聽下回分解

紅樓夢第二回終

紅樓夢第三回

托內兄如海薦西賓　接外孫賈母惜孤女

却說雨村忙回頭看時不是別人乃是當日同僚一案參革的張如圭他係此地人革後家居今打聽得都中奏准起復舊員之信他便四下裡尋情找門路忽遇見雨村故忙道喜二人見了禮張如圭便將此信告知雨村雨村歡喜忙忙叙了兩句各自別去回家冷子興聽得此言便忙獻計令雨村央求林如海轉向都中去央煩賈政雨村領其意而別回至館中忙尋邸報看真確了次日面謀之如海如海道天緣湊巧因賤荊去世都中家岳母念及小女無人依傍前已遣了男女船隻來接因小

女未曾大痊故尚未行此刻正思送女進京因向蒙教訓之恩未經酬報遇此機會豈有不盡心圖報之理弟已預籌之修下荐書一封托內兄務爲周全方可稍盡弟之鄙誠即有所費弟于內家信中註明不勞吾兄多慮雨村一面打恭謝不釋口一面又問不知令親大人現居何職只怕晚生草率不敢進謁如海笑道若論舍親與尊兄猶係一家乃榮公之孫大內兄現襲一等將軍之職名赦字恩侯二內兄名政字存周現任工部員外郎其爲人謙恭厚道大有祖父遺風非膏粱輕薄之流故弟致書煩托否則不但有汚尊兄清操即弟亦不屑爲矣雨村聽了心下方信了昨日子與之言于是又謝了林如海如海又說

擇了出月初二日小女入都吾兄即同路而往豈不兩便雨村唯唯聽命心中十分得意如海遂打點禮物並餞行之事雨村一一領了那女學生原不忍棄父而去無奈他外祖母必欲其往且兼如海說汝父年已半百再無續室之意且汝多病年又極小上無親母教養下無姊妹扶持今去依傍外祖母及舅氏姊妹正好減我內顧之憂如何不去黛玉聽了方洒淚拜別隨了奶娘及榮府中幾個老婦登舟而去雨村另有一隻船帶兩個小童依附黛玉而行一日到了京都雨村先整了衣冠帶了小童拿了宗姪的名帖至榮府門上投了彼時賈政已看了妹丈之書即忙請入相會見雨村像貌魁偉言談不俗且這賈政

最喜的是讀書人禮賢下士拯溺救危大有祖風況又係妹丈致意因此優待雨村更又不同便極力帮助題奏之日謀了一個復職不上三月便選了金陵應天府辭了賈政擇日到任去了不在話下且說黛玉自那日棄舟登岸時便有榮府打發轎子並拉行李車輛伺候這林黛玉嘗聽得母親說他外祖母家與別家不同他近日所見的這幾個三等的僕婦穿吃用度已是不凡何況今至其家多要步步留心時時在意不要多說一句話不可多行一步路恐被人恥笑了去自上了轎進了城從紗窗中瞧了一瞧其街市之繁華人烟之阜盛自與別處不同又行了半日忽見街北蹲着兩個大石獅子三間獸頭大門門

前列坐着十來個華冠麗服之人正門不開只東西兩角門有人出入正門之上有一匾匾上大書勅造寧國府五個大字黛玉想道這是外祖的長房了又往西不遠照樣也是三間大門方是榮國府却不進正門只由西角門而進轎子抬着走了一箭之遠將轉灣時便歇了轎後面的婆子也都下來了另換了四個衣帽周全的十七八歲的小厮上來抬着轎子衆婆子步下跟隨至一垂花門前落下衆小厮又退了出去衆婆子上前打起轎簾扶黛玉下了轎林黛玉扶着婆子手進了垂花門兩邊是超手遊廊正中是穿堂當地放着一個紫檀架子大理石屏風轉過屏風小小三間廳房廳後便是正房大院正面五間上房皆是雕梁畫棟兩邊穿山遊廊廂房掛着各色鸚鵡畫眉等雀鳥台階上坐着幾個穿紅着綠的丫頭一見他們來了都笑迎上來說道剛纔老太太還念呢可巧就來了于是三四人爭着打簾子一面聽得人說林姑娘來了黛玉方進房只見兩個人扶着一位鬢髮如銀的老母迎上來黛玉知是外祖母了正欲下拜早被外祖母抱住摟入懷中心肝兒肉叫着大哭起來當下侍立之人無不下淚黛玉也哭個不休衆人慢慢解勸住了黛玉方拜見了外祖母當下賈母一一指與黛玉這是你大舅母這是二舅母這是你先珠大哥的媳婦珠大嫂黛玉一一拜見了賈母又請姑娘們來今日遠客初來可以不必上學

去衆人答應了一聲便去了兩個不一時只見三個奶媽並五六個了鬟擁着三位姑娘來了第一個肌膚微豐身材合中腮凝新荔鼻膩鵝脂温柔沉默觀之可親第二個削肩細腰長挑身材鴨蛋臉兒俊眼修眉顧盼神飛文彩精華見之忘俗第三個身量未足形容尚小其釵環裙襖三人皆是一樣的粧束黛玉忙起身迎上來見禮互相厮認歸了坐位丫環送上茶來不過敘些黛玉之母如何得病如何請醫服藥如何送死發喪不免賈母又傷感起來因說我這些女兒所疼者獨有你母今一旦先我而逝不得見一面教我怎不傷心說着携了黛玉的手又哭起來家人忙相勸慰方略畧止住衆人見黛玉年貌雖小

其舉止言談不俗身体面龎雖弱不勝衣却有一段風流態度便知他有不足之症因問常服何藥如何不治好了黛玉道我自來如此從會吃飯時便吃藥到如今了經過多少名醫總未見效那一年我纔三歲記得來了一個癩頭和尚說要化我去出家我父母固是不從他又說既捨不得他但只怕他的病一生也不能好的若要好時除非從此以後總不許見哭聲除父母之外凡有外親一槩不見方可平安了此一生這和尚瘋瘋癲癲說了這些不經之談也没人理他如今還是吃人參養榮丸賈母道這正好我這裡正配丸藥呢叫他們多配一料就是了一語未休只聽後院中有笑語聲說我來遲了不曾迎接遠

客黛玉思忖道這些人個個皆歛聲屛氣如此這來者是誰這樣放誕無禮心下想時只見一羣媳婦了鬟擁着一個麗人從後房進來這個人打扮與姑娘們不同彩繡輝煌恍若神妃仙子頭上戴着金絲八寶攢珠髻綰着朝陽五鳳掛珠釵項上戴着赤金盤螭瓔珞圈身上穿着縷金百蝶穿花大紅雲緞窄褙襖外罩五彩刻絲石青銀鼠褂下着翡翠撒花洋縐裙一雙丹鳳三角眼兩灣柳葉掉梢眉身量苗條體格風騷粉面含春威不露丹唇未啟笑先聞黛玉連忙起身接見賈母笑道你不認得他他是我們這裡有名的一個潑辣貨南京所謂辣子你只叫他鳳辣子就是了黛玉正不知以何稱呼衆姊妹都忙告訴

黛玉道這是璉嫂子黛玉雖不曾識面聽見他母親說過大舅賈赦之子賈璉娶的就是二舅母王氏之內姪女自幼假充男兒教養的學名叫做王熙鳳黛玉忙陪笑見禮以嫂呼之這熙鳳攜着黛玉的手上下細細打量了一回便仍送至賈母身邊坐下因笑道天下眞有這樣標緻人物我今日纔算見了况且這通身的氣派竟不像老祖宗的外孫女兒竟是個嫡親的孫女怨不得老祖宗天天口頭心頭一刻不忘只可憐我這妹妹這樣命苦怎麽姑媽偏就去世了說着便用帕拭淚賈母笑道我纔好了你倒來招我你妹妹遠路纔來身子又弱也纔勸住了快休再提前話這熙鳳聽了忙轉悲爲喜道正是呢我一見

了妹妹一心都在他身上又是喜歡又是傷心竟忘記了老祖宗該打該打又忙攜黛玉之手問妹妹幾歲了可也上過學現吃什麼藥在這裡不要想家要什麼吃的什麼頑的只管告訴我丫頭老婆們不好也只管告訴我一面又問婆子們林姑娘的行李東西可搬進來了帶了幾個人來你們趕早打掃兩間下房讓他們去歇歇說話時已擺了茶菓上來熙鳳親爲捧茶捧菓又見二舅母問他月錢放完了不曾熙鳳道月錢也放完了剛纔帶了人到後樓上找緞子找了半日也沒見昨日太太說的那樣想是太太記錯了王夫人道有沒有什麼要緊因又說道該隨手拿出兩個來給你這妹妹裁衣裳的等晚上想着

再叫人去拿罷熙鳳道倒是我先料着了知道妹妹這兩日到的我已預備下了等太太回去過了目好送來王夫人一笑點頭不語當下茶菓已撤賈母命兩個老嬤嬤帶了黛玉去見兩個舅舅去維時賈赦之妻邢氏忙起身笑回道我帶了外孫女過去到底便宜些賈母笑道正是呢你也去罷不必過來了邢夫人答應了遂帶了黛玉與王夫人作辭大家送至穿堂垂花門前早有衆小廝拉過一輛翠幄青油車來邢夫人携了黛玉坐上衆婆娘們放下車簾方命小廝們抬起拉至寬處方駕上馴騾亦出了西角門往東過榮府正門入一黑油大門內至儀門前方下車來邢夫人挽了黛玉的手進入院中黛玉度其

處必是榮府中之花園隔斷過來的進入三層儀門果見正房廂廡遊廊悉皆小巧別緻不似那邊的軒峻壯麗且院中隨處之樹木山石皆好及進入正室早有許多盛粧麗服之姬妾丫鬟迎着邢夫人讓黛玉坐了一面令人到外書房中請賈赦一時來回說老爺說了連日身上不好見了姑娘彼此傷心暫且不忍相見勸姑娘不要傷懷想家跟著老太太和舅母是同家裡一樣姊妹們雖拙大家一處伴著亦可以解些煩悶或有委曲之處只管說得不要外道才是黛玉忙站起身來一一聽了再坐一刻便告辭邢夫人苦留吃過飯去黛玉笑回道舅母愛惜賜飯原不應辭只是還要過去拜見二舅舅恐遲去不恭異

日再領望舅母容諒邢夫人道這也罷了遂命兩個嬤嬤用方纔坐來的車子送了過去于是黛玉告辭邢夫人送至儀門前又囑咐了衆人幾句眼看着車去了方回來一時黛玉進入榮府下了車衆嬤嬤引著便往東轉彎走過一座東西的穿堂向南大廳之後儀門內大院落上面五間大正房兩邊廂房鹿頂耳門鑽山四通八達軒昂壯麗比賈母處不同黛玉便知這方是正內室一条大甬路直接出大門的進入堂屋抬頭迎面先見一個赤金九龍青地大匾匾上寫着斗大三個字是榮禧堂後有一行小字某年月日書賜榮國公賈源又有萬幾宸翰之寶大紫檀雕螭案上設着三尺來高青綠古銅鼎懸著待漏隨

朝墨龍大畫一邊是鏨金彝一邊是玻璃盒地下兩溜十六張楠木椅子又有一副對聯乃是烏木聯牌鑲着鏨銀字跡道是

座上珠璣昭日月　堂前黼黻煥煙霞

下面一行小字道是鄉世教弟勳襲東安郡王穆蒔拜書手原來王夫人時常居坐宴息亦不在這正室只在東邊的三間耳房內于是老嬤嬤引黛玉進東房門來臨窗大炕上舖着猩紅洋毯正面設着大紅金錢蟒引枕秋香色金錢蟒大條褥兩邊設一對梅花式洋漆小几左邊上文王鼎匙箸香盒右邊几上汝窑美人觚內揷着時鮮花卉並茗盌茶具等物地下面西一溜四張椅上都搭着銀紅撒花椅搭底下四副脚踏兩邊又有一對高几几上茗碗瓶花俱備其餘陳設不必細說老嬤嬤讓黛玉上炕坐炕沿上却也有兩個錦褥對設黛玉度其位次便不上炕只就東邊椅上坐了本房的丫鬟忙捧上茶來黛玉一面吃了打量這些丫鬟們粧飾衣裙舉止行動果與別家不同茶未吃了只見一個穿紅綾襖青紬掐牙背心的一個丫鬟走來笑道太太說請林姑娘到那邊坐罷老嬤嬤聽了于是又引黛玉出來到了東廊三間小正房內正面炕上橫設一張炕桌上面堆著書籍茶具靠東壁面西設著半舊的青緞靠背引枕王夫人却坐在西邊下首亦是半舊青緞靠背坐褥見黛玉來了便往東讓黛玉心中料定這是賈政之位因見挨炕一溜三

張椅子上也搭着半舊的彈花椅袱黛玉便向椅上坐了王夫人再三讓他上炕他方挨王夫人坐了王夫人乃說你舅舅今日齋戒去了再見罷只是有一句話囑咐你三個姊妹倒都極好以後一處念書認字學針線或偶一頑笑都有個儘讓的但我最不放心的却有一件我有個孽根禍胎是家裡的混世魔今日因廟裡還愿去尚未回來晚間你看見便知道了你以後只不要採他你這些姊妹都不敢沾惹他的黛玉素聞母親說過有個內姪乃啣玉而生頑劣異常不喜讀書最喜在內幃厮混外祖母又溺愛無人敢管今見王夫人所說便知是這位表兄一因陪笑道舅母所說的可是啣玉而生的這位表兄在家時記得母親常說這位哥哥比我大一歲小名就叫寶玉性雖憨頑說待姊妹們極好的况我來了自然和姊妹同一處兄弟們自另院別室的豈有得沾惹之理王夫人笑道你不知道原故他與別人不同自幼因老太太疼愛原係同姊妹們一處嬌養慣的若姊妹們不理他他倒還安靜些若一日姊妹們和他多說了一句話他心上一喜便生出許多事來所以囑咐你別採他他嘴裡一時甜言蜜語一時有天無日瘋瘋傻傻只休信他黛玉一一的都答應着忽見一個丫鬟來說老太太那裡傳晚飯了王夫人忙攜了黛玉從後房門由後廊西往出了角門是一条南北東道南邊是倒座三間小小抱厦廳北邊立着

一個粉油大影壁後有一半大門小小一所房室王夫人笑指向黛玉道這是你鳳姐姐的屋子囘來你好向這裡找他去少什麽東西只管和他說就是了這院門上也有幾個纔總角的小厮都垂手侍立王夫人遂携黛玉穿過一個東西穿堂便是賈母的後院了于是進入後房門已有多人在此伺候見王夫人來了方安設桌椅賈珠之妻李氏捧飯熙鳳安箸王夫人進羹賈母正面榻上獨坐兩旁四張空椅熙鳳忙拉黛玉在左邊第一張椅子上坐下黛玉十分推讓賈母笑道你舅母和嫂子們左右不在這裡吃飯你是客原該如此坐的黛玉方告了坐就坐了賈母命王夫人也坐了迎春姊妹三個告了坐方上來迎春坐右手第一探春左第二惜春右第二旁邊丫鬟執着拂塵漱盂巾帕李鳳二人立于案旁播讓外間伺候之媳婦丫鬟雖多却連一聲咳嗽不聞飯畢各各有丫鬟用小茶盤捧上茶來當日林家教女以惜福養身每飯後必過片時方吃茶不傷脾胃今黛玉見了這裡許多規矩不似家中亦只得隨和着些接了茶又有人捧過漱盂來黛玉也漱了口又盥手畢然後又捧上茶來這方是吃的茶賈母便說你們去罷讓我們自在說話兒王夫人聽了忙起身說了兩句閒話方引李鳳二人去了賈母因問黛玉念何書黛玉道剛念了四書黛玉又問姊妹們讀何書賈母道讀什麽書不過認幾個字罷了一語未了只聽

外面一陣脚步响丫鬟進來報道寶玉來了黛玉心中想道這個寶玉不知是怎生個憊懶人物及至進來原是一個輕年公子頭上戴着束髮嵌寶紫金冠齊眉勒着二龍搶珠金抹額一件二色金百蝶穿花大紅箭袖束着五彩絲攢花結長穗宮絛外罩石青起花八團倭緞排穗褂登着青緞粉底小朝靴面若中秋之月色如春曉之花鬢若刀裁眉如墨畫鼻如懸胆睛若秋波雖怒時而似笑卽瞋視而有情項上金螭瓔珞又有一根五色絲絲繫着一塊美玉黛玉一見便吃一大驚心中想道好生奇怪到像在那裡見過的何等眼熟只見這寶玉向賈母請了安賈母便命去見你娘來卽轉身去了一回再來時已換了冠

帶頭上週圍一轉的短髮卽結成小辮紅絲結束共攢至頂中胎髮總編一根大辮黑亮如漆從頂至稍一串四顆大珠用金八寶墜脚身上穿着銀紅撒花半舊大襖仍舊帶着項圈寶玉寄名鎖護身符等物下面半露松花撒花綾褲錦邊弾墨襪厚底大紅鞋越顯得面如傅粉唇若施脂轉盼多情語言若笑天然一段風韻全在眉稍平生萬種情思悉堆眼角看其外貌最是極好却難知其底細後人有作西江月二詞批寶玉極確其詞曰

無故尋愁覔恨　有時似傻如狂　縱然生得好皮囊
腹內原來草莽　潦倒不通庶務　愚頑怕讀文章

行爲偏僻性乖張　那管世人誹謗　富貴不知樂業
貧窮難耐凄凉　可憐辜負好韶光　于國于家無望
天下無能第一　古今不肖無雙　寄言紈袴與膏粱
莫效此兒形狀

却說賈母笑道外客未見就脫了衣裳還不去見你妹妹寶玉早已看見了一個姊妹便料定是林姑娘之女忙來作揖相見畢歸坐細看形容與衆各别兩灣似蹙非蹙籠烟眉一雙似喜非喜含情目態生兩靨之愁嬌襲一身之病淚光點點嬌喘微微閑靜似嬌花照水行動似弱柳扶風心較比干多一竅病如西子勝三分寶玉看罷笑道這個妹妹我曾見過的賈母笑道可又是胡說你何曾見過他寶玉笑道雖然未曾見過他然看着面善心裡倒像是舊相認識恍若遠别重逢的一般賈母笑道好好若如此更相和睦了寶玉便走向黛玉身邊坐下又細細打諒一番因問妹妹可曾讀書黛玉道不曾讀書只上了一年學些須認得幾個字寶玉又道妹妹尊名黛玉便說了名寶玉又道表字黛玉道無字寶玉笑道我送妹妹一字莫若顰顰二字極妙探春便道何處出典寶玉道古今人物通考上說西方有石名黛可代畫眉之墨况這妹妹眉尖若蹙用取這兩個字豈不甚美探春笑道只恐又是杜撰寶玉笑道除四書杜撰的太多偏是我是杜撰不成又問黛玉可有玉沒有衆人都不

解黛玉便忖度着因他有玉故問我有無因答道我沒有那玉亦是件罕物豈能人人皆有寶玉聽了登時發作起狂病來摘下那玉就狠命摔去罵道什麽罕物人的高下不識還說靈不靈呢我也不要這勞什子嚇的地下衆人一擁爭去拾玉賈母急的摟了寶玉道孽障你生氣要打罵人容易何苦摔那命根子寶玉滿面淚痕泣道家裡姐姐妹妹都沒有單我有我說沒趣如今來了這個神仙似的妹妹也沒有可知這不是個好東西賈母忙哄他道這妹妹原有玉來的因你姑媽去世時捨不得你妹妹無法可處遂將他的玉帶了去一則全殉葬之禮盡你妹妹之孝心二則你姑媽之灵亦可權作見了你妹妹之意

因此他只說沒有玉也是不便自己誇張之意你如今怎比得他還不好生慎重帶上仔細你娘知道了說着便向丫鬟手中接來親與他帶上寶玉聽如此說想一想也就不生別論了當下奶娘來問黛玉房舍賈母便說將寶玉挪出來同我在套間煖閣裡把你林姑娘暫安置碧紗厨裡等過了殘冬春天再與他們收拾房屋另作一番安置罷寶玉道好祖宗我就在碧紗厨外的床上狠妥當又何必出來鬧你老祖宗不得安靜賈母想了一想說也罷了每人一個奶娘並一個丫頭照管餘者在外間上夜聽喚一面早有熙鳳命人送了一頂藕合色花帳並錦被緞褥之類黛玉只帶了兩個人來一個是自己的奶娘王

嬷嬷一個是十歲的小丫頭名喚雪雁賈母見雪雁甚小一團孩氣王嬷又極老料黛玉皆不遂心將自己身邊一個二等丫頭名喚鸚哥的與了黛玉亦如迎春等一般每人除自幼乳母外另有四個教引嬷嬷除貼身掌管釵釧盥沐兩個丫頭外另有四五個洒掃房屋來往使役的小丫頭當下王嬷嬷與鸚哥陪侍黛玉在碧紗廚內寶玉之乳母李嬷嬷並大丫鬟名喚襲人者陪侍在外大床上原來這襲人亦是賈母之婢本名珍珠賈母因溺愛寶玉生恐寶玉之婢不中任使素知襲人心地純良遂與寶玉寶玉因知他本姓花又曾見舊人詩句有花氣襲人之句遂回明賈母即更名襲人這襲人有些癡處伏侍賈母

時心中眼中只有一個賈母今跟了寶玉心中眼中又只有一個寶玉只因寶玉性情乖僻每每規諫寶玉不聽心中着實憂鬱是晚寶玉李嬷已睡了他見裡面黛玉鸚哥猶未安歇他自卸了妝悄悄的進來笑問姑娘怎麽還不安歇黛玉忙笑讓姐姐請坐襲人在床沿上坐了鸚哥笑道林姑娘在這裡傷心自己淌眼抹淚的說今兒纔來了就惹出你家哥兒的病倘或摔壞了那玉豈不是因我之過所以傷心我好容易勸好了襲人道姑娘快休如此將來只怕比這更奇怪的笑話兒還有呢若爲他這種行狀你多心傷感只怕你還傷感不了呢快別多心黛玉道姐姐們說的我記着就是了又叙了一回方纔安歇次

早起來省過賈母因往王夫人處來正值王夫人與熙鳳在一處拆金陵來的書信又有王夫人之兄嫂處遣來的兩個媳婦兒來說話的雖黛玉不知原委探春等却曉得是議論金陵城中居住的薛家姨母之子表兄薛蟠倚財仗勢打死人命現在應天府案下審理如今母舅王子騰得了信遣人來告訴這邊意欲喚取進京之意畢竟怎的下回分解

紅樓夢第三回終